문학과지성 시인선 326

호주머니 속의 시

임선기 시집

문학과지성사

문학과지성 시인선 326

호주머니 속의 시

펴낸날 / 2006년 10월 27일

지은이 / 임선기
펴낸이 / 채호기
펴낸곳 / ㈜문학과지성사
등록번호 / 제10-918호(1993. 12. 16)

서울 마포구 서교동 395-2(121-840)
편집 / 전화 338)7224~5 팩스 323)4180
영업 / 전화 338)7222~3 팩스 338)7221
홈페이지 / www.moonji.com

ⓒ ㈜문학과지성사, 2006. Printed in Seoul, Korea

ISBN 89-320-1734-4

문학과지성 시인선 326

호주머니 속의 시

임선기

2006

시인의 말

들판 위 하늘에 걸리는 노을은
어디 멀리 갔다가 돌아오는 이의 얼굴 같다.
그 얼굴에는 그냥 바라볼 수밖에 없는
무엇이 있어서 묵묵히 걷게만 하는데,
어느새 날이 저물며,
낮의 눈으로는 더는 따라갈 수 없는 곳으로
노을이 진다.

언젠가 저 노을을
부끄럼 없이 만나고 싶다.

2006년 가을
임선기

호주머니 속의 시

차례

제1부

오쉬에서

마을에 폭죽놀이가 있었다
나는 오래된 城의 이층 방
유리창을 열고
물화병처럼 인사했다.
간밤에 춥지 않더냐고
이번 폭죽놀이는 자기 일가가 한몫
단단히 했다고,
성의 주인이자 지방 유지인
마르셀 씨가 화답했다
그는 선량한 사람이었다
사색가이기도 했다
커다란 플라타너스를 정원 중앙에 심어 놓고,
아침저녁으로 둘레를 돌며 한숨지었다
그는 나무에서 철학을 배웠다
그의 논리는 나무처럼 단단했다
그가 혼자서 폭죽놀이하는 공터로 갔다
작은 화분 상점 모서리를 꺾어질 때
내게 '안녕'이라고 했다.

하늘의 순찰병이 골목마다 훑고 지나는
정오 무렵이었다
저녁이 오자 성 밖으로 금지된 수풀이
실컷 자라나기 시작했다
순찰병은 강등되고 감금되었다
나는 이층 방 구석에서 일기를 썼다
폭죽놀이가 절정인가
비 뿌리는 소리가 났다
나는 마침표처럼 잠들었다

이튿날 마을 장정 몇이
시신 한 구를 들고 성 안으로 왔다
그는 외톨이였고, 폭죽 터지는 인근 강변에서
투신했다
나는 지방지 기자와 서툰 인터뷰를 했다
시신은 플라타너스 둥치 아래 고요히 묻혔다
종처럼 뚱뚱한 신부가 다녀가고
나는 마구간으로 가 짐을 챙겼다

작은 풀섶이 만든 돌길이 유리처럼
떨고, 길쭉한 노을이 깔렸다
무거운 나무 성문을 잠그고 성을 나올 때
나는 이상한 새들을 보았다

플라타너스 나무 위로 면도날 같은
새들이 날아올랐다

건조기

하늘이 라면 국물처럼 가라앉았다
나는 원숭이처럼 나무가 그리워
나무 보러 간다
알 수 없는 마른 방울을
주렁주렁 매달고
애타게 물을 기다리는
무화과나무
중형 택시 기사가 노상에서
손님과 으르렁대고 있다
여자는 악을 쓴다
무화과나무로 가는 길에
저 많은 구멍들,
나는 무슨 요술로
나무 그리워하는 물주머니일까
송진 같은 그림자도 거느리고 있는 걸까
무화과 한 잎이 가지를 놓았다
검은 도랑으로 가는 저 영혼,
물 흐르는 소리가 들릴 것도 같은

수련의

당신은 가벼운, 그러나 무서운 환자입니다
병이 깊어요, 아니 가슴 한 켠에 큰
구멍이 났어요 철저하군요
누군가 둘레를 깨끗이 뚫었습니다
거기로 겨울 송정 바다를 봤어요
하, 하여간 당신은 운이 좋은 분입니다 조기에
발견되었으니까요
병명은 무어라 할까요,
그저 폐병이라고 적읍시다
사람들은 멸종한 병으로 알고 있으니까요

나는 6번 버스 노선, 생활하수가
부글거리는 변두리, 코스모스 길을 따라 걸었다
질병이 들어, 바람이 머리도 못 묶는
미루나무 정거장,
이즈음 새들은 땅바닥을 선호한다
나무로 가거라, 나의 주파로 새들이 땅바닥을
떠나 미루나무 가지에 앉았다

나는 과일 상회, 과일 상자에서
조생귤을 골랐다

집으로 가는 길은 왜 이리 멀까,
가난한 집 아이들이 굴렁쇠 놀이를 한다
쇠꼬챙이를 땅에다 세게 박고,
굴렁쇠를 던진다
대체로 빗나가는 굴렁쇠,
공기가 갑자기 사나워지고
수련 못 주위를 어슬렁거리던 햇살이
전부 익사한다
저 수련 못은 얼마나 많은 햇살을 가두고
있을까, 바람이 한참 조율을 하고 나자
코스모스들이 입을 열었다

우스갯소리 하나 할까요, 제가
수련의 시절, 생활을 아직 모를 때
수십 마리 생쥐 껍질을 모두 벗겨 놓고

16

실험을 할 적 일입니다만, 그중 한 마리가
살아서 제게 걸어오는 것 아닙니까,
살고자 하는 욕망이라니, 껍질이 도려진 채로
말입니다

먼지

검은 잎사귀의 9척 장신 나무가 우거진
새로 이사 온 아파트가 어둡다
무슨 먼지가 이리도 많을까,
어머니는 온종일 먼지 걱정을 했다
한 해가 가도 먼지는 좀처럼 줄지 않았다
집을 비운 날은 가구 위로
도무지 알 수 없는 먼지의 양이 있었다
나는 서걱서걱 눈을 굴리며 책을 읽었다

여름이 오자 어머니는 검은 잎사귀 나무를
의심하기 시작했다
어떤 날은 목욕 바구니에 수상한 잎사귀를
따 넣기도 했다 가을이 오고 어머니는
먼지가 되셨다

나는 먼지가 무서워졌다
아내가 나가는 날이면 안양천변에서
공연히 산책을 했다

어린 여고생들이 둥둥 떠서 귀가했다
먼지가 몰려들 갔다

나는 먼지 하나 없는
두 손을 아내에게 내밀었다

주일 저녁 성당에서 모임이 있었다
아내가 정중한 교우들에게
나를 소개했다
남편은 먼지 같은 사람이라고
솔직히 말했다

목화의 방

페인트 통에는 아직 온기가 있을까,
동상이 심한 鄭水兵이 잠을 청한다
얼음처럼 눈 감는다

나는 검은 해안선을 따라 걸었다
겨울 하늘에 목화씨가 툭툭 터졌다
나는 치사량의 별을 주웠다
검지에 물을 찍어 긴 유서를 썼다

한 여인이 별의 조그만 방에서 울고 있다
자산홍을 팔러 온 방물장수 따라
어미는 일곱 남매 두고 여인이 되어
자산홍 가득한 육지로 갔다

바람이 허무는 조그만 목화의 방
정수병이 잠든 해안 초소 판잣집
못 긁히는 소리를 나는 들었을까,
동그란 솜 뭉치가 단화 위로 떨어지고,

조그만 것들이 다리를 절룩거리며
수평선 지나 하늘로 갔다

강화도 어느 조용한 보리밭 꽃사과나무

선배는 방 안 가득 키우던 노래를 풀어 놓았다
가파른 계단 술병 깨지는 소리 밖은 어두워,
노래는 조금도 지상으로 올라가지 않았다
나는 일어나 유리창을 닫았다

지난여름, 선배는 꽃사과나무를 달래서
다듬은 목관악기 구부러진 등이 쑤신다고
나무 소리를 냈다
방석 위, 넋 놓고 육신만 남은
실파의 나무 소리
나는 알전구 아래로 들어가
곤히 잠이 들었다

전등사에서 아침이 왔다
선배가 나간 소담한 집 난간에 붉은 겨울 외투
빨래가 가벼워지고,
꽃사과나무 한 그루 무거워진 나는
뿌리를 움직이고 잔가지를 턴다

어느새 작은 열매가 진열된 중국인 상가,
빈 소주병 뒹구는 성유당 한약방 앞
선배가 두고 간 꽃사과나무
거기 수없이 봄이 피고,
그 어느 언저리에 가만히 앉아본다
조그만 옹이가 생길 때까지,
조용한 보리밭처럼

햇살의 마른 자국이 있는 집

이마에 물 십자가 긋고 성당 뜰에 앉았다
여름 바다가 나무에 하나 열려 있는
주안 일동 성당 기다란 나무의자 미사보 꾸리는 소리
젊은 사제가 마당에서 헌 종이를 쌓고
바위에 앉아 나는 생각의 북실을 풀었다
저기 세월이 가벼운 먼지를 들어다
지나가는 어깨에 올려 놓고 후문으로 나가는군요

사제가 구슬 소리를 세며 마당을 건너갔다
그저 몇 걸음입니다, 아무리 가벼워도
벌써 저 먼지들 후문 장미 불꽃송이에 옮겨졌어요
거기 저도 잘 아는 죽은 먼지들이 살죠

나는 여름 바다를 올려다보았다
건조한 물고기들이 왔다갔다 하는 사이로
떨어지는 물 그림자,
아침에 나간 복사 아이들이
여기저기 깨진 저녁의 옷을 입고

기왓장 같은 채소들 앞까지 걸어와
운석처럼 깊이 앉았다

연애 편지

　그날은 해종일 운동장이 보이는 나무의자에 앉아 당신의 아름다운 얼굴을 봅니다. 내 곁에서 작은 휴지통처럼 당신을 보고 덜컹거립니다.

우화의 강

강이 어디 있냐고 물었을 때
저기 상점을 지나 쭉 가라면서 남자가 웃었다
어느 가을날인가 그의 아내는 작은 화분을 사와
꽃과 누워 며칠을 앓았다
한 이웃이 위험한 지붕을 가진 그 집을 지나다 떨어진
오래된 옷감 같은 꽃잎들을 보았을 때
그는 혼자였다 그는 강을 잘 알고 있었다

나는 별과 같은 잎이 열리는 그 집 앞 나무에서
몇 번인가 강을 물었고 그는 상상의 강을 보여주기
까지 했다
길눈이 어두운 나는 여러 번 실패했다
나무에서 수줍은 별이 졌다

그 남자가 떠나고 작은 화분도 이사 갔다
나는 지금 강으로 가는 길목의 그 집 주인이 됐다
친절한 약도처럼 창밖으로 얼굴을 내밀고 있다
누군가 강을 물어오면 내보일 작은 시내도 만들었다

작은 시내입니다 강으로 합류하죠 대답도 준비했다

긴 겨울이, 차가운 작은 새들이
애써 기억하며 지붕으로 찾아왔다
빈 하늘로 날아갔다

세월의 자정이 지난다
집 앞의 나무가 그림자를 길게 뻗어 내 얼굴에 와서
쉽지 않지요 이제 지붕을 봐요 그 기울기를 봐요
충고했다

나는 무서운 하늘을 보았다
새들이 날아간 자리에 아무 흔적도 없었다
묵상하는 나무들은 조금씩 키가 커지고,
두 눈에 젖어들어 한꺼번에 움직이는 강을 보았다

깨끗한 해변의 추억

새벽에 나비들이 잠든 풀섶을 지나
큰길가로 나섰다
내 뒤로 나를 품고 잠자던 숲아 안녕
나는 아침을 만나고 온 사람들과 같이
저 사거리에서 가장 짧고 깨끗한 해변으로 떠난다
동그란 잎을 만드는 나무야 안녕
형편없이 메마른 둥치와 칼날 같은 잎만 무성한
나를 길 위에 놓아다오
먼 물소리 들리고 어두운 마을에 모인 별들이
아침이면 못 부칠 편지처럼 위태로운
조그만 사구에 나는 간다
한때 나는 노인의 깨끗함을 동경했지
햇살의 걸음걸이를 배우고 싶었어
저기 길이 길 위에 엎드려 나직한 하늘로 가고
거기에는 밑그림 같은 집 두어 채와
태양의 나무들이 뭉게뭉게 풀리고 있다

날개를 꺾으며 새가 난다

새들은 세월의 길이를 잘 알지 눈물처럼
나를 쓸고 가는 자갈의 바다에
나는 작은 돌 하나를 집어 던져
갈 수 있는 곳까지 간다

해변의 끝에는 무거운 물방울들이 있고
그 무거움을 아이에게 보여주는 하늘이 있고
길고 끝없이 하얀 풀잎을 날리는
하늘의 중심이 있네

나는 내게 와서 흔들리다 벼랑으로 가는 풀잎과
검게 젖은 풀잎의 바다와
바다의 소장품인 차가움을 보며
가장 짧고 깨끗한 해변을 가네

언어의 온도

저녁의 운동장에서
낙엽이 깔린 긴 숲길을 보았다
저공의 그 숲에 놀던 어린 햇빛이
어두운 얼굴로 서 있고
쌀알 같은 새 한 마리 조용히 지나간다

이렇게 세상의 화면은 어두워지는구나
나는 붉은 얼굴로
내 발에서 자라는 뿌리 없는 우울을 보며
가난의 개념 같은 세월과 그 끝에 오래된 하늘을
지났다

운동장에 첫눈이 왔다
겨울의 수위실 옆 키 큰 나무야
그 송이들을 저지하지 마라
여러 날 쉽지 않은 추위가 만든 송이들
마냥 차가운 날에
나도 수많은 어휘가 되고 싶다

저기 키 작은 아이들이
두꺼운 옷을 입고
나무를 두드리네
눈이 쏟아지네

제2부

나무와 시

성당 옆 작은 공원에 가면 나무가 있어
나무는 내게 의자를 내어주고
그늘을 내려주지 나는 아무것도 줄 것이 없네

성당 옆에서 떨어지는 잎새는 죽음보다 더 두려운
순간을 내게 떨구고 가네 길가에서 새를 보면
아름답고,
빛나는 붉은 심장이 하늘에서 우네

바람이 불고 바람이 불면 나무에 와서
많은 연인들이 고백을 하고 맹세를 하고
이별하는 것을 볼 수 있지 소용없는 일은
나무를 멀리 옮겨 놓는 일
바람이 다시 저 나무 흔들고,
나무 곁에는 늘 지나가는 첼로라는 악기

나무 곁에 머물 수 있을 때는
시를 읽을 수 있을 때

시를 다 읽고 나면

나무를 떠나야 할 무렵

그러나 저 성당이 생긴 것은 아주 오래전,

나무가 바람을 만난 것은 더 오래전

나는 아직 세상에도 없었을 그 오래전 일

그 어부의 바다

물고기가 없는 바다에 가서
둥실 떠오는 정지한 시간을 잡았지
그 썩은 육신을 건져서
돌아오는 길 푸른
태양 아래서
외로운 나무에 취해
그 어부만 떠나고 나는
물고기 한 마리 옷을 빌어
누워 있었지

어부가 걸어간 하늘에 깊은 어두움
그물에 걸린 작은 빛들
그 은빛들이 썩은 옷에 바늘을 만들어
술병 같은 몸을 끌어 올렸네

그리고 모든 시간은 하늘의 시간
그 바다에서 나는 물고기들을 보네
푸른 음악 안에 무성한 음표들같이

검은 옷이 움직이는 해안에 남아
그 어부의 그물이 만든 풍경을 읽네
지나가는 삶은 저렇게 아름답다고
물결이 만드는 나무를
스치는 물고기들처럼

나무가 있는 집

그 집에는 나무가 있어서,
말없이 가난했네
나무가 있는 집은 가난한 집
나무는 서정,
그 나무, 집과 숨쉬고 있네

그 나무에는 집이 있어서,
나는 그 집을 관이라 부르지
관 속에는 아무 말도
떠다니지 않네
말들은 나무 속에
나무는 또 고요 속에

아끼던 몇 권의 책
반은 어둡고 반은 푸른 별
떨어져 나무를 만지는 빛,
관이 왜 저렇게 푸른지
나는 알지 못하고

나무 아래로

나는 나무 아래 있었다
나무 위로 해가 지나가고
나는 해가 오지 않는 검은 나를 보면서
해가 어디서 멈추는지 알 수 없는
나를 이해했다
내가 떠난 자리 그 나무 아래
동그라미 하나가 멈춰 있었다

나는 나무 아래로 갔다
그 나무 아래로 가면 나는
키가 줄어들고 어두워지고
높이 날아간 잎새들을 볼 수 있었다
나무는 너무 작았고
잎새들은 너무 멀리 있었다 밤새워
나무가 일어서는 만큼 길고 깊이
잎새가 자랐다

나는 나무 아래 있었다

나무 위로 해가 떠나고 있었다

학교와 정원

창을 통해 보는 저 정원은
창밖의 정원과 아주 다른 정원인 것처럼 보인다
창에 성에가 끼기 시작했다
학교는 오래되고 창은 낡았다
아무리 새로운 책도
낡을 책,
나는 빈 강의실 허공에서
길쭉한 형광을 본다
아카시아 나무와 시를 썼더니
창밖에 별 하나 진다

모든 푸른 것이 창 주변에 뭉치다가는
　저 교정 어떤 깊이만 있는 곳으로 사각이며 몰려들
간다

여름

먼 길을 가서 한 여자를 사랑하고
오는 길이지
저 여름의 양철 지붕을 때리는 태양
때릴 적마다 흘러내리는
금빛 물들

나무를 지나서

어머니 오늘 오후 늦게
한 청년이 나무에 와서,
한참을 바라보다 갔습니다

나무는 이제 세상에 없는
청년의 반짝이는 맨발을
바라봅니다

어머니가 누워서 키우신 나무
제가 누워 온종일 보는 나무에는
검고 가벼운 집이 몇 채 겨울과
나무를 적시는 새의 자장가
언제나 떨어질 자세로 빛나는
휘어진 뼈들

어머니 오늘 오후 늦게
한 청년이 나무에 와서,
한참을 바라보고 있었습니다

그 나무

박수근의 나무는
금 바다 속에서
말이 없다

몇 조각은 나무에 스미고

헤엄치는 시늉을 하며

저녁 속을 살아간다

이 저녁에

붉은 구름 덩어리
지나간다
공원 중앙에 떨어지는 빛
연못의 물을 적시고
나는 철의자에 앉아
바람이 몰려간 곳에서 날아오는
나비들을 보고 있다

나비들은 젖은 돌 위에 앉아
바람에 흔들리고,
붉은 구름 덩어리 더욱 멀리 지나간다

누군가 새들을 걷어
저녁을 알린다 누군가 멀리서
죽어가고 있다
무수한 공기들은 나무로 돌아가고
나는 다시 공원에 앉는다

공원 위 낮은 하늘에

늦은 저녁이 와서

잠시

머물고 있다

제3부

서시

무한 공간을 종일 흔들고 있는 저
나무

숨 쉬는
수많은 시간인 돌

지난 시간으로 날아가는
눈송이들,

진흙인 나의 몸
먼
진공의 세계

누군가,
다가갈 수 없는 어둠 속에서

누군가 환하게 얽은 찬 별들을 치고

새

한 시인의 사진을
들여다본다
낡은 옷을 입고
바랜 종이 속에서
어딘가 열심히 걸어가고 있다

가장자리에서는 나무가
연신 붉은 별들을 쏟고
곧 눈이 내릴 듯하다

물속 같은 고요 속
희미한 언덕 위에는
가난한 집들의 윤곽

한 마리 새가,
무한 속을
깊이 수렴하여 간다

바르비종

들길에 서본 적이 있다
만종이 울렸다는
그 들판에 連한
길이었다
바람이 불고 불어서
내 귀는 나뭇잎이 되었었다

들길을 걸었다
가다가 멈추면 들판도 멈추고
가다가 멈추면 들판도 멈추는

나는 그림 속에 있었다
까마귀들이 날아오는 쪽에서
해가 지고
누군가 나를 지우고 있었다

들판에 서 있었다
바르비종이라는 이름을

어디선가
들은 듯했다

창 1

창 앞에 서 있는 것은
언제나,
영원 앞에 서 있는 것 같다

창에서
창밖은
어떤 깊이에 서 있고,

나는 멀리 떨어져 있는 나를
창에서 만난다

창은, 언제나
영원 앞에 서 있는 것 같다

저녁이면
흔들리는 빛처럼,
무엇을 향해
붉게 울기도 한다

창 2

저녁이 오면 창은
푸른 빛에 물들어,
세상의 밖에서
반짝거린다

창에는
바람의 조각들,
큰 나무의 그늘과
추억들을 비추고

창은 아무도 없는
길모금에서
구름과 새의 날개들처럼,
멀리서 오는 바람의
소릴 듣는다

바람의 시

바람은 무엇을 위하여
나뭇잎을 스치고 지나는 것일까

바람이 그 무엇을 위하여
나뭇잎을 스치고 지나는 것은 아니리라

그러나 바람은 꼭 무엇을 위하여 그러는 것처럼

이곳의 나뭇잎을
스치고 지나간다

나무를 우러르며

나무가 아름다운 것은
아무도 모르는 깊이가 있기 때문이다

그 깊이 속에
우리가 아직
바라는 것이 있기 때문이다

오늘 나무를 우러르며
내가 걷는 것은,

내가 아직 그 무엇을
바라고 있기 때문이다

石片

기표와 기의가 없고
세계도 자유롭게 풀려 열려 있다

네 자유를 길어다
오늘은 내 머리에 붓는다

기억
— 살바도르 달리

바다가 하나 펼쳐져 있고
아무도 없다
삭정이 같은 나무가 한 채
펼쳐져 있고
가지에 시간이 걸려 있다
시간은 축 늘어져 흐물거리고
파리 한 마리가 코를 박고 굳어 있다
열리지 않은 시간도 있다
어떤 시간에는
여인이 누워 있는데
온몸이 연체동물 모양으로 흐르고 있고
꼬리 부분은 사라지고 있다
기다란 속눈썹만 분명하게
가슴에 남아 있다

꽃

—말라르메

너의 손바닥을 보면
조금은 외롭겠구나

나는 오래된 꿈으로
피로하였다
피로한 피는 푸르게 굳어
꽃이 되었지만

그것은 일그러진 꿈이라
앙증맞구나

얼마나 오래되었을까
저렇게 떠 있은지는

삶은 단편적이다
나의 얼굴은
조각나 있다

祈禱

너는 말이 없고
너는 가벼운 입술에서 꽃을 거두고
나는 가난한 비탈길에서 숨을 배운다

너는 어둠 속에서 최고의 아름다움이 되고,
나는 비로소 존재가 된다
먼 하늘에서 온 물방울들이
뿌리에 닿는다

아직 꽃이 마음속에 있을 때는
길은 저렇게 젖을 줄을 알고
에둘러 오래 걷는 사람이 있다

아침 숲

저것은 옛날의 눈
시인 비용이 찾던 그 눈
상아탑 꼭대기에서 바라다보이는 그런 눈
누군가 아침에 먹다 남기고 간 부스러기가 빛나고
있다
生을 지켜주던 바람이 멀리 보이고 있다
사랑한다는 말 한 마디가
태어나고 있다

詩

사람들과 다른 방향으로
나아갔네
바람소리 물소리 소금기 어린
파도소리
잔잔한 어둠들이 보였네

벗을 기다렸으나
아무도 오지 않았네

기억 속에서
망설임이 가득한 눈빛이
떠올랐네

내게는 그 눈빛이 詩였네
어느 오후 작은 공원에서 본
그 아이 같았네

제4부

이곳에 살기 위하여

에밀 시오랑은 파리의 어느 가난한 삶을
견디면서
시를 지어냈다

누군가는
겨울나무 한 그루로 서서
시를 쓰고,

그 속에서 뜨거운 불 같은
삶을 읽는다

이곳에 살기 위하여,

엘뤼아르가 바라보던 물길은
흐르고

이곳에 살기 위하여
다시 바람은 분다

그리고 낙엽이 지는 때에 우리는,

푸른 가슴을 갖는다

새벽에

저
꽃을 보아라

우리를 보고 있다는 듯
깜박거린다

저 멀리서 오는
꽃을 보아라

바람에
스러지지 않고

겨울나무 가지 사이
푸른 곳에 피었다

밤을 건너오는
저
꽃을 보아라

가을이 가고

가지치기가 시작되었다

초겨울의 마른 가지들이
떨어지며,
찬 하늘이 열렸다

그곳으로 무성한
여름이 오리라

먼 데서 새벽 별이 오듯이,

가지치기가 시작되었다

잎들이 지고,
가지들이 머물던 곳에서

누군가 꿈꾸기 시작하였다

들불
—— 이종구

그가 그린 불길 속에는 커다란 칼날이 들어 있어서
어둠을 잘라내고
빛을 드러내고 있다

어둠 속에서 어머니가 나오신다

그가 그린 불길은 커다란 짚단에서 온 것
지푸라기들을 닮아 부드럽구나

그의 호동그란 눈에 흐르던 불이 와서
가장자리가 희미하게 밝혀진 밀밭이 되었다
우두커니
어둑하다

공원
── 파울 클레

가을이겠다
사람들 몇 쓸쓸히 나무들 사이를 걷는다
호수가 몇 편
푸르고
길들은 붉게 흐리게 또는 금색으로
칠해져 있다

나는 그 공원을 걷는다
걸어서
공원의 중앙에 이른다
그곳에는 분수가 한 채
나뭇가지 같은 물줄기들을
뿜고 있다
숲으로 흐르는 여러 색의 길들
숲을 지나 공원의
끝에 닿는다

그곳에는 대지가 있다

대지의 품속이
밝게 칠해져 있다

선종

임종 전에 그는
우리를 안심시켰다
몸을 일으켜
세상을 둘러보았다

그의 눈 속의
남은 숨들에
세상이 비치고 있었다

창밖 언덕의 잔디에 푸른
빛이 도는 때였다

누군가 흐느껴 울었고,
흰 천이 덮히었다

그날 밤에 몇은
꿈을 꾸었는데
코끼리 떼를 보았다 했다

꽃이 만발한 못가로
가고 있었다 했다

눈

누군가 돌아오는구나

늦은 저녁

높게 바람 부는데,

누군가 돌아오는구나

낙엽을 밟고

먼 등성이에서부터

낮은 골짜기까지

살아서 돌아오는구나

내일은 푸른빛이 나겠다

골짜기에서

먼 등성이까지

내일은 푸른빛이 나겠다

돌체 비타

너의 말이 들리지 않는다

회전목마 부근에 사람들이 모여 있다
회전목마는 아이들을 태우고 빙글빙글 돈다
아이들은 계속 자라나고
어른들은 즐거워한다 늙어간다

너는 아직도 침묵 중이다
너의 손은 먼 곳에 있다

해변에서 춤추던 사람들 우르르
몰려간 곳에
외눈박이 물고기가 한 마리 밀려와 있다

피 흘리며
조금만 더 가면 보인다던 바다는
어디에 있나

백색의 절규
들리지 않는다

외눈박이 물고기가 커다란 몸을 비튼다

*

적막이 와서 우두커니 바다를 보고 있다

너는 여전히 부재중이다

불 꺼진 회전목마의 여기저기에서
바람이 끌고 나오는 삐걱이는 소리

너의 말은 들리지 않는다
귀를 막고 들어도 들리지 않는다

이국에서 1

좁은 계단들의 끝
다락방에 달빛이 가득하곤 했다

주인은 내게 방을 맡기고
떠난 후 소식이 없었다

거리의 가로수들이 몇 차례
옷을 갈아입은 후

나는 첼란이라는 이름을 들었다

나뭇잎들 사이로 떨어지는 빛이
눈부신 어느 여름이었다

나는 강가에 서 있었다

도시를 가로지르며 흐르는 강이
입을 다문 채

천천히 흐르고 있었다

이국에서 2

저녁의 창 밖에는 어둠이 와 있곤 했다
사라져가는 빛이 보였다

어느 날 높은 건물 꼭대기에 핀
꽃을 보았다
누군가의
영혼이라 일러주었다

말수가 적고 피부가 맑던 소녀는
가족들 가운데 놓이고

어느 날 남쪽으로 가는 기차를 탔다

나는 어느 벌판에 있었다

모국어가 잊혀져갔다

파리 시편 1
—로댕이 살던 곳

그곳에는 아무도 없었다

낙엽만이 천천히
구르고 있었다

過去로 가는 구름 소리가
있었다

문 닫히는 소리 희미하게 들리고

그곳에는 아무도 없었다
벤치에 앉아
세월을 보면
낮은 발걸음으로 종종치며 지나갔다

아무도 돌아오지 않았고

다만 몇 편의 금 속에

서 있는 시간들이 보였다

푸른 열차 한 대가 지하를 지날 때
잠시 떨리던 지상

비둘기 몇 대 날아올랐고 고색창연한 태양이
흘러내렸다

아무도 알지 못했고
알 수 없었다

피곤해진 저녁이 길게 그림자를 끌며
들어서고 있었다

파리 시편 2

그해에는
가슴 시린 날들이 많았다
떨어진 잎들이 제각기 다른 높이의 소리로 구르는
것을
따라다니곤 했다
새가 도심 위를 날기도 했고
마로니에 속에서 떼 지어 나타나기도 했다 琉璃가
궁금하고 유리 속을 들여다보는 날들이 많았으며
죽은 첼란의 아들을 만나기도 했다
그해에는
혼자가 되어 작은 길들을 돌아다녔다 그리고
글에 찔린 마음들이 카페 테라스에 앉아 있기 시작
했다
恩師의 부음을 들었을 때는
장미꽃잎이 입술을 깨무는 것을 보았고
보리수 잎이 찬연하던 봄에는 보리수 잎으로
눈을 닦았다 다시 가을이 왔을 때 한 친구는 修士가
되었고

한 친구는 기다리기 시작했다

꿈인 듯 눈이 내렸다
나는 돌아오고 싶었다

이국에서 3

조그만 공원 옆
허름한 아파트.

17세기의 돌
20세기의 寒氣
빵과 포도주

시와 철학과 언어
커튼의 기척
마른기침들
늙은 계단의 삐걱임
사전 속에 가득한 말
고국에서 온 신문지 서너 장.

나의 눈 속에,

무수히 떨어져 내리던 나뭇잎들

12월

파리의 한 골목
젊은 릴케가 비틀거리는 생을 본 곳
근처 육군병원에서 넘어오는 바람에
죽음이 섞여 있다

죽음은 길 건너 맨드라미꽃들에도
피어 있다 구름이 제 그늘을 끌고 지나간다
누군가 흐느끼고
골목의 길들이 한순간 어두워졌다가
밝아진다.

깨진 포석, 장난감 가게, 허공의 알전구들
불빛을 뿌리고 있다
다다르기에
별은 너무도 멀다
시간을 공부하던 친구는 끝내
미치고 말았다
그의 주검을 '영원'이

거두어갔다

검게 차려입은 사내들과 여인네들이
서편으로 간다
12월이 온 것이다.

소묘

나는 소월을 읽고 있었다
창밖에는 눈이 내리고
소월은 가던 길 위에서
새를 보고 있었다

새는 산유화 속의 그 새인데
먼저 죽은 누이인 양
보이고 있었다

오리나무에 피었던 상고대가
일부 지고
재 넘어간 발자국 위로
눈이 쌓이었다

고개 위에
오리나무 한 그루 홀로 서 있다
밤바람이 고개를 넘으며
짐승처럼 울부짖었다

발자국이 멈춘 곳에서
— 꽃의 시인의 죽음

불멸의 꽃이 남았다고
누군가 적었다
불멸의 그림자도 남았다고
누군가 적을 것이다

말이 더 이상 이어지지 않는 곳으로
꽃이 졌다
이제는 여운이고
이제는 침묵이다

마지막 발자국 뒤로
많은 발자국이 나 있다
적게 걸었는데
많은 발자국이 나 있다
누군가 있던 자리는
허공이 되어
나비는 날고
우리는

멈추어 선다

낮은 곳에 남긴 말이
가장 분명히 빛나고 있다
누군가 있었고
누군가 가뭇없다

프라나*는 바람인데
프라나는 숨이기도 하다고
누군가 일러주지만,

* 프라나: 고대 인도어. 숨, 바람, 생명, 혼(魂)을 뜻하는 다의어.

고요와 숲이 불러

숲이 걸어 들어간 곳에서
누군가 불러
들어가 보니
고요가 있다

저 고요라는 것이 숲을 불러
숲은 이렇게 먼 곳까지 온 것일까
싸움터에서 너무도 먼
이 자리
때로는 별과도 이야기할 수 있을 듯한 자리까지
온 것일까

말은 하지 않는 편이 좋은 곳에서
목을 축이고
바람이 떠난다
언젠가 목숨 놓을 곳을 바라보는 일
바람 선생이 가르치고 떠난다
훌훌

허무라는 것도 잊어버리고
초월이라는 말도 초월해버리고
들어가는 곳

어둑해진 葬地
숲에서
애오라지 가는 흰 줄기 하나
숲을 빠져나간다

제5부

부정의 바다

누군가 기르는 붉은 태양이
바다 위를 지나고 있다

가까이 가면 눈이 먼다는
그 태양이다

나무에 푸른 물이 오르면
푸름은 내게도 차올라,

시인이 말한 먼바다를
꿈꾸어도 본다

모든 물방울의 눈에
아니오가 새겨진 바다,

모든 아니오 속의
밤별들의 바다

그 위를 지나는
바람들, 꿈꾸는
흉곽을 가진 구름들,

나는 그 세계를 보기 위해
나무에 오른다

하늘과 하늘에 뜬
넓은 창을 가진
나무에 오른다

호주머니 속의 시

어느 하루 나는
팔레스타인의 한 시인을 본 적이 있다

어느 날 그는 강당에서
세계 시민들을 향해
울고 있었다
시를 읽으며
울고 있었다

어느 하루 나는
그 시인의 시를 적어
호주머니 속에 넣었다 그의 시를
읽고 또 읽었다

그리고 많은 시간이 흘렀다

어느 하루 나는
시의 소리를 들은 적이 있다

세계의 구석 어느 어둠 속에서
흐느끼던,

시의 소리를 들었다

홍은동

산수화 한 장이 창밖에 걸려 있다
몇 그루 나무들은 사슴 모양을 만들어냈다
드문드문 아버지와 어린 아들이 숲으로 들어가고
바람이 손잡고 지나간다
큰 바위에 이파리에 빛이 가득 담겨서
넘쳐 흐르고

무어라 말할 수 없는 비극이
있는데
몇 채로 완성된 이 그림 속에는
평화만이 있을 뿐이다

기계 1

먼지 쓴 가로수 한 그루 흔들리는가 싶더니
굳어지고,

지친 바람이
녹슨 주름들을 보여주고 간다

이곳은, 폐허에 맞닿은

막다른 지대이다

기계 2

어디에서 말라버린 걸까
이 세계에는 더 이상
눈물이 흐르지 않는다

물신이 주는 약을 자꾸 먹여야 돌아가는 괴물이
주인 행세를 한다

조그마하던 수메르인의 바퀴가 거대한
것이 되어 굴러다닌다

오늘도 나는 부끄럽게 혀를 놀렸다
기계 소리를 냈다

밤눈

계단들마다에

쌓이는

흩어지는

눈송이들

어느 빈터에

앉아

눈 맞는

아이들

돌멩이들

쏟아지며

날리며

그칠 듯

그치지 않을 듯

푸른 소리들

빈터에 앉아

밤의

어둠이 듣는

아침 눈을 보며

내 마음아
낮은 곳으로 가자

낮은 곳,
숨소리 들리는 곳

골짜기 아래
물소리들

나뭇잎처럼,

낮은 곳으로 가자

오늘은 저렇게

눈이 내린다

아무도 모르게 고요히

눈이 내린다

꿈속의 나비

꿈에 나비가 한 마리 날아와
내 가슴 위에 앉아 있었다

가냘픈 바람에도 나는 불안하였다

간밤에 나비가 한 마리 날아와
창에 파닥였다
별 자국이 몸에 많은 그 나비를 보는데
'憧憬'이란 말이 떠올랐다

그때 좀더 낮은 곳으로
별 하나가 내려앉았다

어떤 연주회

인적 드문 골목
중고 음반 가게
김종삼 시인 생각하며
프랑크의 음반을 산다

값을 치르고
먼지 많은 가게에서 나와
골목을 나서는데

푸른 나무 한 그루가
천주교회 옆길에 서서
바람을 연주하고 있다

들어가시자 해도
손을 내저으시며
바람을 연주하고 있다

눈송이 몇 걸음을 멈추고

앉아 듣는
세자르 프랑크의 별

백록담

나무가 있고
사슴이 있다
사슴은 점박이
뿔이 낮구나
나무에 다가가서
코를 비빈다

나무가 있고
나비가 있다
나비는 점박이
더듬이가 높구나
커다란 나비가
나무보다 크다

어미 사슴이
떨어져 서서
아기 사슴을 본다

여름에 온 시가 보여준 것들

오후에 너는
나를 찾아왔다
나는 따라나선다
네가 보여주는
여름 바다 속을
나는 떠돈다
해안가에서
여름의 별들도 본다
우리를 맞아
조금 더 기우는 섬을
지워지는 시간들을
본다.

우리는 또
허무를 본다
허무 속에
붉은빛이 있다
허무의 피

허무에서 꽃을 만들 때
지르던 소리가
저것의 소리였구나
나는 그것이 바람의
나무의
소리인 줄 알았다.

어떤 바람이 풀의 목숨 위에
앉아 있다
남의 목숨을 누르고 앉은 자의
표정도 自然이다
풀이 휘청 일어선다
나는 너를 바라보고 있다
내 목숨 위에 앉은 바람의 표정을
네가 바라보듯이.

꿈

작은 서점이었다
가본 적 있는 곳이었다
포스터 몇 장이 처마 아래에서
빨래들처럼
펄럭이고 있었다

한 장에는 시 몇 편이
나란히 적혀 있었는데
하나는 내 젊은 날의
벗이 쓴 몇 줄이었다

주인이 내려준
그 몇 줄 앞에서 나는
흐느끼기 시작했다
주인이 이유를 물었으나,
흐느낌이 울음으로 바뀌어갔다

*

나는 어둠을 건너
다시 서점에 간다
서점 안에서는 책들이
담소 중이다
말이 끝나고
어둠이 깔리자
문이 닫힌다

거리에는 갱스터들이
아이들을 몰고 있다
거대한 창고 속에서
도망치는 아이들
자세히 보니 먼지를 뒤집어쓴
어린 스님들이다

*

새가 한 마리 집 안에 들었다
죽은 듯 기계 뒤에 누워 있다
창밖으로 다시 날려 보내니
直下
돌 위에 떨어지고 말았다
오— 꿈이여
떨어진 새가 비틀비틀
근처 수풀로 간다
오— 꿈이여

*

낮에
책을 읽는다
여산에 있으니 여산을 어찌 알리
시인은 여산에 있고

나는 잠시 旅愁에 있다
낮은 담장들 아래
고운 흰옷들 누군가
바람의 옷이라 했지
담장들 위 푸른 잎들에서
물소리가 들릴 듯하다

시의 나무와 깊이의 수렴

최 현 식

한 시인의 시를 읽으면서 그의 시혼(詩魂) 형성과 유지, 확장에 영향을 끼친 요소를 가늠해보는 일은 여러모로 흥미롭다. 그것이 예술가 집단이든 일반인이든, 자연 사물이든 문화적 인공물이든, 그 요소의 존재 양식은 그리 중요하지 않다. 그보다는 강렬한 영혼의 울림과 존재의 들림을 이끌어내는, 그리하여 시와 삶의 끊임없는 도약을 가능케 하는 어떤 힘의 순도와 강도가 중요하다. 그 힘은 한 시인을 때로는 황홀경으로 때로는 파탄으로 이끄는 양날의 칼로 존재하지만, 궁극적으로는 "시와 철학과 언어"(「이국에서 3」)를 단련하고 완성한다는 점에서 하얀 마법으로 기능한다.

임선기의 첫 시집 『호주머니 속의 시』에서 그 특유의 "시와 철학과 언어"를 이끌고 밀어가는 요소가 있다면, 아무래도 시인, 화가를 중심으로 한 예술가들과 '나무'를 먼저 들어야겠다. 그가 기억하는, 아니 시와 삶의 표지로 삼고 있는 예술가들로는 소월과 릴케, 엘뤼아르, 말라르메, 발레리, 파울 첼란 등의 시인과 파울 클레, 달리, 로댕 등의 화가가 눈에 띈다. 이들은 이성과 진보의 이념으로 무장한 근대성에 맞서 그것을 비껴가는 영혼의 디아스포라〔離散〕를 추구함으로써 비열한 현실 너머의 '멋진 신세계'를 엿본 예언자들로 이해되어 무방하다.

가령 소월은 '저만치'의 거리 감각을 통해 근대 세계에서 발생하는 서정적 동일성의 왜곡과 불가능성을 탁월하게 짚어냄으로써 시의 위기를 명문화하는 동시에 그것을 스스로 넘어선다. 첼란과 클레는 그들 사이에 비록 30여 년의 연령 차이가 있었으나 나치스에 의해 영혼과 예술의 자유를 억압받았다는 점, 그럼에도 그런 악조건들을 초현실과 환상의 창출을 통해 초극했다는 점에서 공통적이다. 그러니까 이들은 광기의 근대를 영혼의 개성과 자유의 예술을 통해 즐겁고도 슬프게 넘어갔던 것이다.

하지만 이들의 삶을 더욱 극적으로 만든 것은 죽음의 비극성이다. 소월은 과다한 아편 복용으로, 유대계 독일인 첼란은 2차 대전 후 망명한 파리의 센 강에 투신하여 삶을 마감했으며, 클레는 온몸이 서서히 굳어가는 고통스런 병을 앓다 죽었다. 이런 죽음들은 때로는 이런저런 풍문이 더해져 범접하기 힘든, 그러나 그 영역에 끊임없이 숨

어들고 싶은 신화로 되살아나곤 한다.

하지만 창조된 '신화' 읽기에 앞서 직시(直視)해야 할
것은 이들의 죽음이 근대에 대한 최후의 저항인 동시에 근
대를 넘어서는 삶과 시의 미학의 완성이라는 사실이다. 삶
의 윤리가 통용되지 않는 시대를 그들은 스스로를 놓아버
림으로써 단숨에 통과하는 죽음의 윤리로 맞섰고, 그럼으
로써 그들의 삶과 시를 "겨울나무 가지 사이/푸른 곳에
피"는(「새벽에」) 불멸의 '꽃'으로 승화시켰던 것이다. 임
선기가 릴케를 마주친 골목에서 바람에 섞여 있는 '죽음'
을 감각하면서, 그것을 공포와 불안으로 제시하기보다 '영
원'으로 표상하는 일(「12월」)은 그래서 가능했을 터이다.

나는 그 공원을 걷는다
걸어서
공원의 중앙에 이른다
그곳에는 분수가 한 채
나뭇가지 같은 물줄기들을
뿜고 있다
숲으로 흐르는 여러 색의 길들
숲을 지나 공원의
끝에 닿는다

그곳에는 대지가 있다

대지의 품속이

밝게 칠해져 있다   ─「공원─파울 클레」부분

  이 시는 임선기가 파울 클레를 이해하는 방식을 얼추 드
러낸다. 자아가 산책하는 '공원'은 클레의 삶이나 죽음과
관련된 실제 장소일 수도 있고, 아니면 작품의 내적 공간
일 수도 있다. 시인은 파시즘에 희생된 예외적 개인의 비
극을 투각하기보다 클레 자신이 그랬듯이 환상적이고 순
수한 세계의 창조에 힘을 쏟는다. 이런 창조의 기율은 시
인이 현실의 외압과 고통에 대한 날 선 적발과 고발보다는
내적 자유로의 망명을 더욱 욕망하고 있음을 암시한다. 과
연『호주머니 속의 시』는 파국을 향해 치닫는 현실에 대한
사실적 이해와 비판의 목소리를 세밀하게 제시하지 않는다.
  그러나 이것을 현실을 경중경중 건너뛰는, 성마른 세상
읽기로 곡해할 필요는 전혀 없다.「수련의」가 대표적인
예이지만, 그는 인간의 "가벼운, 그러나 무서운" '질병'의
한 편에 껍질이 도려진 실험용 쥐의 "살고자 하는 욕망"을
맞세움으로써 이 시대를 꿰뚫는 삶과 죽음의 문법을 섬뜩
하게 환기한다. 이 현실성의 감각은『호주머니 속의 시』
에 실린 대개의 시가 그렇듯이 '사실'의 투박한 제시보다
는 '환상'의 구축을 통해 획득, 표현된다. 이런 성향은,
그의 시가 위에서처럼 꿈꾸어 마땅한 현실 너머의 언어화
에 집중하는 비율이 높더라도, 그 배면을 타고 흐르는 현

실주의적 상상력을 늘 기억하게끔 하는 요인이 된다.

한편 「공원—파울 클레」에서 보듯이, 『호주머니 속의 시』에서 끔찍한 현실을 내파하며 감싸 쥐는 내적 자유에 대한 욕망은 자연과의 높은 친화력이란 형식으로 표출되는 경우가 많다. 그 중심에는 나무가 서 있으며, 시적 전언의 목적과 형식에 따라 꽃, 숲, 새, 별, 햇빛, 해변 등이 적절하게 배치된다.

그러나 임선기의 자연 친화력은 요즘 한국시의 한 축을 장악하고 있는 생태학적 차원의 자연 옹호와는 거의 무관하다. 가령 그에게 '나무'는 자아의 시와 철학과 언어를 북돋고 확장하며 수렴하는 어떤 형이상적 존재이자 매개체이다. '나무'는 그 생김새와 존재 방식으로 인해 오래전부터 냉철한 현실감각 아래 더 나은 세계를 열정적으로 꿈꾸는 인간의 대체 상징으로 수용되어왔다. '나무' 및 그것과 연동된 자연 사물들에 부과되는, 아니 그들에게서 얻어내는 어떤 '깊이'나 '영원'(「나무를 우러르며」 「창」 등)과의 마주침은 이와 같은 성찰의 기획과 깊이 연관되어 있는 것이다.

그런 점에서 임선기는 '나무의 시'도 쓰고 있지만 세상에 아직 존재하지 않는 '시의 나무'를 조성하고 있기도 하다. 이제 보게 될 「오쉬에서」에서의 '나무'와 주체들의 관계 방식, 다시 말해 우리 삶의 진행에 결정적 계기를 제공하는 나무의 원심력과 구심력은 이 사실을 매력적으로 보여준다.

1) 커다란 플라타너스를 정원 중앙에 심어 놓고,
아침저녁으로 둘레를 돌며 한숨지었다
그는 나무에서 철학을 배웠다

2) 그는 외톨이였고, 폭죽 터지는 인근 강변에서
투신했다
나는 지방지 기자와 서툰 인터뷰를 했다
시신은 플라타너스 둥치 아래 고요히 묻혔다

3) 무거운 나무 성문을 잠그고 성을 나올 때
나는 이상한 새들을 보았다

플라타너스 나무 위로 면도날 같은
새들이 날아올랐다

이 시의 중심 서사는 '나'에 의해 관찰되고 서술되는 '그(마르셀)'의 삶과 죽음, 그리고 그 후에 일어난 기이한 사건에 있다. 그런데 이 서사의 진행은 '플라타너스'와 긴밀히 연관되어 있다. 선량한 사색가인 '그'는 "나무에서 철학"을 배웠고, 자살 이후 "플라타너스 둥치 아래 고요히 묻혔"으며, 또한 그 나무에서 '이상한 새'가 날아올랐다. 말하자면 그는 삶의 논리와 윤리를 '나무'에서 배운

셈인데, 하지만 그는 '외톨이'였다. 그러므로 그의 죽음은 나무의 철학과 무연한 삶을 살아가는 일상세계와 의사소통이 불가능하다는 좌절감에서 비롯된 것인지도 모른다. 그러나 '나무'로의 귀환은 그의 영혼을 '이상한 새'로 부활시켰다(따라서 마르셀은 위에서 언급한 예술가들로, '나무'는 그들이 운명을 걸었던 시와 철학과 언어로 치환될 수 있다. 예술가의 영원과 깊이는 작품의 그것을 통해서만 실현되고 증명될 뿐이다).

물론 마르셀 씨의 신이한 재생, 곧 영원으로의 편입은 '나'의 내면에서 발생한 일대 사건이다. 하지만 이런 내면 경험이 사건의 허구성을 증가시키거나 '나무'와 마르셀 씨의 삶의 진정성을 감소시키지는 않는다. 사실 임선기에게 경건한 삶에 대한 감사와 존재의 재도약을 허락하는 내면의 돌연한 융기는 아주 드문 체험이 아니다. 이를테면 그는 '나무'의 최대 미덕을 "아무도 모르는 깊이"(「나무를 우러르며」)에서 찾는데, 이 '깊이(=영원)'는 날아가는 '새'(「새」)와 '창'(「창」)에서도 체득되곤 한다.

이는 그가 일종의 절대 세계로서의 '깊이'에 항상 목말라 하며, 또한 언제 어디서나 그것을 만나고 수렴할 수 있도록 자아를 개방하고 있음을 뜻한다. 이런 자세는 『호주머니 속의 시』의 전체적 성격을 서정적 내면의 고백보다는 자신을 둘러싼 일상과 풍경에 대한 관찰적 서술로 방향 짓는 요인이 된다. '깊이'의 궁극적 가치 가운데 하나를

"사랑한다는 말 한 마디"(「아침 숲」)를 태어나게 하는 힘으로 규정하는 임서기의 시관(詩觀)은 이미도 이와 같은 타자와의 대화 확장을 통해 세워지고 풍성해졌을 것이다.

그러나 우리는 '깊이'나 그 변주로서 '사랑'을 말하기에 앞서, 죽음까지도 불러들이는 지독한 외로움의 성격과 원인을 헤아려볼 필요가 있다. 절대 존재로서의 '나무'를 둘러싼 마르셀의 삶과 언어의 기투는 실상 '시인—나'의 것이기도 하다는 사실을 눈치 채기란 그리 어렵지 않다. 말하자면 마르셀은 또 다른 '나무'를 꿈꾸는 '나'의 대체 자화상인 것이다. 그러나 다행스럽게도 그 자화상에는 마르셀의 저주받은 운명을 답습하는 '나'가 아직 스며들어 있지 않다. 그 운명을 초극할 '깊이'의 존재를 오히려 마르셀의 삶과 죽음을 통해 이미 예감하고 체험했기 때문이다. 따라서 시인에게 '외로움'은 그를 자아의 유폐가 아니라 '깊이'와 '사랑'이 숨쉬고 있는 "대지의 품속"(「공원—파울 클레」)으로 이끄는 역설적 의미의 '프라나'(숨, 바람, 생명, 혼을 뜻하는 고대 인도어. 「발자국이 멈춘 곳에서」 참조)라고 하겠다.

너의 손바닥을 보면
조금은 외롭겠구나

나는 오래된 꿈으로

피로하였다
피로한 피는 푸르게 굳어
꽃이 되었지만

그것은 일그러진 꿈이라
앙증맞구나

얼마나 오래되었을까
저렇게 떠 있은지는

삶은 단편적이다
나의 얼굴은
조각나 있다   ──「꽃─말라르메」 전문

　비유체로 기능하는 '꽃'은 대체로 존재의 아름다움과 생
의 절정을 표상한다. 임선기의 경우도 여기서 크게 벗어나
지 않는다. 그의 '꽃'은 그러나 "바람에/스러지지 않고//
겨울나무 가지 사이/푸른 곳에 피었다"(「새벽에」)에서 보
듯이, 보다 형이상적인 가치를 지향한다. 그래서일까.
'꽃'은 화사하거나 아름답기보다는 저 멀리서 어둠이나 겨
울 등을 헤치고 다가오는 서늘하고 신비로운 형상으로 묘
사된다. '꽃'이 빛에 노출되기 전의 암도 높은 푸른색으로
조명되는 까닭도 이와 무관치 않다.

그런데「꽃—말라르메」의 '꽃'은 이런 경향을 포함하면서도 '꽃'의 또 다른 현실을 맥락화한다. 피로한 피가 푸르게 굳어 된 '꽃'은 그 이미지상 언뜻 노발리스 이래 영원의 세계에 피어 있는 절대언어/존재로 가치화된 '푸른 꽃'을 떠올리게 한다. 그러나 '푸른 꽃'은 시인의 처절한 추구에도 불구하고 존재의 한계와 언어의 제약 때문에 움켜쥐기 불가능한 상상적 욕망체, 그러니까 영원한 지향체로 경험될 뿐이다. '푸른 꽃'이 "일그러진 꿈"으로 가치 하락되고 자아가 지속적으로 파편화되는 까닭은 이 낭만적 아이러니가 제공하는 삶과 언어의 피로와 절망 때문이다.

그렇다면 자아의 발에서 "뿌리 없는 우울"이 드세게 자라는 것도(「언어의 온도」), 아내에게서 "먼지 같은 사람" (「먼지」)이라고 폭로당하는 것도, "귀를 막고 들어도" '너의 말,' 즉 "백색의 절규"가 들리지 않는 참담한 '달콤한 인생'(「돌체 비타」)에서 기인한 것이다. 이것은 예술의 도시로 명성을 떨치는, 그리고 그를 자유롭게 놓아준 파리로부터 시인이 아직도 척박한 이 땅으로 꽤나 "돌아오고 싶"(「파리 시편 2」)어 했던 이유이기도 하다. 비유적으로 말해 그곳은 모국어가 사전이나 신문지 몇 장에 갇혀 있어 (「이국에서 3」) 시혼의 가난과 외로움을 일상화하는 유형지이기도 한 것이다.

그러나 이런 숨 막히는 삶의 부정성은 결국은 내가 "수많은 어휘"(「언어의 온도」)가 됨으로써 초극될 수 있을 따

름이다. 이런 의미에서 자아를 절대언어/세계에 계속 감
금하는 낭만적 아이러니는 오히려 자아를 살리는 이상한
숨구멍이다.

세월의 자정이 지난다
집 앞의 나무가 그림자를 길게 뻗어 내 얼굴에 와서
쉽지 않지요 이제 지붕을 봐요 그 기울기를 봐요
충고했다

나는 무서운 하늘을 보았다
새들이 날아간 자리에 아무 흔적도 없었다
묵상하는 나무들은 조금씩 키가 커지고,
두 눈에 젖어들어 한꺼번에 움직이는 강을 보았다.

―「우화의 강」 부분

마르셀 씨도 그랬지만, '나'도 '나무'의 충고와 도움으
로 "세월의 자정"을 넘어서, "무서운 하늘"을 마주한다.
이때의 '무서운'은 두려움의 감정보다는 시와 철학과 언어
의 논리를 새롭게 각성시키는 하늘의 힘에 대한 경외심으
로 읽히는 편이 보다 자연스럽다. 따라서 '하늘'에의 시선
이 '묵상하는 나무'와 '움직이는 강'을 섬세하게 포착하는
장면은 도약된 자아의 위상을 예증하는 표상물에 해당한다.
과연 시인은 「부정의 바다」와 「깨끗한 해변의 추억」에

서도 '물(바다)'과 '하늘'의 유사적 관계에 각별한 애정을 표하고 있다. 이 둘의 유사성은 '나무'를 통해 형성되고 또한 이미지화된다. '깨끗한 해변'의 추억은 "검게 젖은 풀잎의 바다"와 그 '차가움'만이 아니라, 해변에서 작렬하는 "태양의 나무들"과, 해변의 끝에서 '무거운 물방울'을 아이들에게 보여주고 또한 "길고 끝없이 하얀 풀잎을 날리는/하늘의 중심"(「깨끗한 해변의 추억」) 때문에 만들어진 것이다('하얀 풀잎'이나 앞서 본 '백색의 절규'는 사실적이기보다는 가치 증여된 '파도'의 이미지로 이해된다). 더나아가 「부정의 바다」에서 시인은 "모든 아니오 속의/밤별들의 바다"에 대한 동경을 곡진하게 고백한다. 그가 그 세계를 보기 위해 하는 행위는 "하늘과 하늘에 뜬/넓은 창을 가진/나무에 오"르는 일이다. 여기서도 '하늘'과 '바다'는 '나무'와의 연계 속에서 유사성의 맥락을 자연스럽게 형성한다.

물론 「깨끗한 해변의 추억」은 세계에 대한 동일화의 감각이 우세하며, 「부정의 바다」는 세계의 부정성에 대한 거부의 메시지가 우세하다. 하지만 그의 세계에 대한 동화와 이화(異化)의 감각은, "나는 무슨 요술로/나무 그리워하는 물주머니일까"(「건조기」)라는 자아 표현에서 보듯이 '나무'에 의해 다듬어지고 풍성해진다는 사실에는 전혀 변함이 없다.

1) 나무 곁에 머물 수 있을 때는

　시를 읽을 수 있을 때

　시를 다 읽고 나면

　나무를 떠나야 할 무렵

　그러나 저 성당이 생긴 것은 아주 오래전,

　나무가 바람을 만난 것은 더 오래전

　나는 아직 세상에도 없었을 그 오래전 일

　　　　　　　　　　　　　　　—「나무와 시」 부분

2) 아무리 새로운 책도

　낡을 책,

　나는 빈 강의실 허공에서

　길쭉한 형광을 본다

　아카시아 나무와 시를 썼더니

　창밖에 별 하나 진다　　　　—「학교와 정원」 부분

　'시'와 '나무'의 통합성과 동일성은 서로를 구속하기보다는 세계를 확장하고 서로를 갱신하는 자유의 근원이다. 자아가 '시'와 '나무'에 동여매인 '나'의 비감한 운명을 뛰어넘어, 그것이 세상의 기원이자 운행 원리라는 놀라운 비밀에 순간적으로 가닿는 일은 자유가 내리는 가장 놀라운 지복이다. 이런 느낌은 시적 전언의 노출보다는 자아와 나무, 그리고 여러 타자의 일상적 교호 및 관계의 자연

스럽고 깊이 있는 부감 때문에 생겨난다는 점에서 한결 의미 있다.

가령 행과 연갈이, 종결부와 그 변화가 매력적인 「서시」의 경우, 무의미하게 늘어놓은 듯한 나무와 돌, 눈송이, 나를 무한한 시공간의 교직을 통해 하나로 통합한다. 시인은 통합의 순간을 감정의 단순 진술에 의존하기보다는 "누군가,/다가갈 수 없는 어둠 속에서//누군가 환하게 얽은 찬 별들을 치고"라고 묘사함으로써, 통합의 어려움과 환희를 동시에 포착한다. 『호주머니 속의 시』를 푸른 감성이 뚝뚝 묻어나는 '나무의 시'보다 동경(憧憬)과 여수(旅愁)의 감각이 조화롭게 동서하는 '시의 나무'를 창조하는 개성적 시집으로 간주할 수 있다면, 그것은 무엇보다 이런 감각의 세련성과 진실성 덕분이다.

그 집에는 나무가 있어서,
말없이 가난했네
나무가 있는 집은 가난한 집
나무는 서정,
그 나무, 집과 숨쉬고 있네

그 나무에는 집이 있어서,
나는 그 집을 관이라 부르지
관 속에는 아무 말도

떠다니지 않네
말들은 나무 속에
나무는 또 고요 속에

아끼던 몇 권의 책
반은 어둡고 반은 푸른 별
떨어져 나무를 만지는 빛,
관이 왜 저렇게 푸른지
나는 알지 못하고   —「나무가 있는 집」 전문

이 시는 "나무가 있는 집"이 왜 풍요로우며, "허무라는
것도 잊어버리고/초월이라는 말도 초월해"(「고요와 숲이
불러」)버리는 영원의 세계인지를 역설적으로 보여준다.
'집'과 '나무'는 서로 동등한 존재이지만, 다른 한편으로
집이 나무를, 나무가 집을 포함하는 상호 포섭의 관계이
기도 하다. 이로 말미암아 서로는 서로를 숨 쉬게 하는
'프라나'이며, 삶과 언어의 서정을 배태하고 키우는 '자
궁'이다.

그런데 시인은 '나무의 집'이란 또 다른 자궁womb을
"아무 말도 떠다니지 않"는 고요한 관(棺), 다시 말해 무
덤tomb으로 부르는 언어적 일탈을 수행하고 있다. 이것
은 서로 같으면서 다른 삶과 죽음의 이중성을 'womb'과
'tomb'의 어원적 관계가 표상한다는 일반적 지식에 근거

한 발화 행위일 것이다.

　그러나 우리는 '나무'와 관련된 세 가지의 '관'을 준별하고 연결시킴으로써 보다 심화된 의미를 누릴 수 있다. 나무의 생명을 관장하는 물관이나 나무가 삭아 뚫린 큰 구멍 따위는 무언가를 가두면서도 통하게 한다는 점에서 관(棺)이자 관(管)이다. 그런데 이 '관'은 나무와 말, 서정과 고요의 관계, 반은 어둡고 반은 푸른 책의 이중형상을 고려할 때, 궁극적으로 시의 영원함과 아우라를 신비롭게 흘려보내는 푸르른 관악기(管樂器)로 연계된다. "낙엽이 지는 때에 우리는,// 푸른 가슴을 갖는다"(「이곳에 살기 위하여」)는 삶의 역설과 역전이 가능한 것도 이와 같은 '관(＝집과 나무)'의 다성성이 생산하는 "아무도 모르는 깊이"(「나무를 우러르며」) 때문일 것이다.

　임선기는 표제작 「호주머니 속의 시」에서 "세계의 구석 어느 어둠 속에서/ 흐느끼던,// 시의 소리를 들었다"고 적었다. 이 '시의 소리'는 팔레스타인 시인과 연관된다는 점에서 세계의 부정성에 대한 비판과 저항의 함의를 먼저 가진다. 그러나 이런 직접성만큼이나 중요한 것은 세계의 부정성을 더욱 선명하게 되비치는 새로운 세계의 개척과 확장이다. 그는 문명이 빚은 화학비료투성이의 아름다운 인공 정원이 아니라 "낮은 곳,/ 숨소리 들리는 곳"(「아침 눈을 보며」)에 '시의 나무'를 심음으로써 그 자신은 물론 우리까지 "가난한 비탈길에서 숨을 배"(「祈禱」)우는 지혜

와 용기를 경험케 했다. 우리는 이 때문에 "아직 꽃이 마음 속에 있을 때는/길은 저렇게 젖을 줄을 알고/에둘러 오래 걷는 사람이 있다"(「祈禱」)는 구절이 변함없는 시와 삶의 윤리로 더욱 무성해지길 바라는 것이다. ▨